청어詩人選 187

마지막 파르티잔

이종열 시집

청어

마지막
파르티잔

이종열 시집

시작노트

바람에 날리는 낙엽이
세월을 아리게 한다
한 잔의 커피와 담배 한 개비
그리고
내일이라는 화두

차례

1부

마지막 파르티잔

마지막 파르티잔

1. 이별

일곱 살 을수는
원래가 집도 절도 없는 아이는
아니었다
들녘에 벼가 누렇게 익어
고개 숙일 즈음
마을에 들이닥친 인민군들이
부모를 데리고 어디론가
가버리고 난 뒤
외양간에 매두었던
누렁이와 단둘이
엄마와 아버지를 기다리며
몇 날 며칠을 살았다
먹을 거라곤 밭에서 캐온 옥수수와
자주색 꼬마감자가 전부였다

2. 만남

날옥수수와 날감자로
하루를 연명하던 어느 날 밤
한 무리의 사람들이
외양간에 매두었던 누렁이를 끌고
어디론가 사라졌다
부모를 기다리는 외로움보다
누렁이가 없어져 버린 무서움에
밤을 지새운 을수는
이른 아침 누렁이를 찾아
길을 나선다
얼마나 길을 걸었을까
길을 걷다 마주친
한 무리의 사람들이 건네주는
주먹밥을 먹으며
함께 산을 오른다

3. 동행

새로운 만남이 기억 위에서
단꿈을 꾸고 있을 때
사람들은 인민군이 퇴각하고 있다는 소식에
모두가 두려움에 떨고 있었고
을수를 품에 안고 재워주던 순덕이도
밤새 잠을 이루지 못했다
여러 날 시간이 흐르고 난 뒤
밤과 낮이 뒤바뀌어 버리고
동면을 준비하는 뱀이며 풀뿌리로
끼니를 연명하던 어느 날
첫눈이 온 산을 하얗게 뒤덮던 날
토벌대가 몰려오기 시작했다
지리산으로 가는 길이 막히자
순덕은 을수 손을 잡고
사람들을 따라 향적봉 너머
민주지산으로 길을 떠난다

4. 죽음

겨울이 떠나가고
온산이 붉게 물든 봄날
순덕이가 초경을 시작할 무렵
사람들이 총을 건네며
머리를 쓰다듬는다
토벌대가 설천 일대를 가득 메우던 날
옹기장수 덕배가
순덕의 총을 빼앗고
다친 다리에 감았던
흰 붕대를 막대기에 매어주며
다 잊으라 말을 건네고는
산 아래로 내려 보낸다
얼마의 시간이 흘렀을까
산 위에서 들려오는 단발음 총성이
온산에 메아리치고
산을 내려가던
순덕은 을수를 껴안은 채 머리에
피를 흘리며 숨을 거둔다

5. 마지막 파르티잔

한참의 시간이 흐르고
을수는 순덕의 품에 있던
중학교 일학년 영어책을
옷 속에 넣고 산을
다시 오르기 시작한다
죽은 시체들 사이에 버려진
총을 주워 두 손으로 질질 끌며

온산에 널려있는 시체를
수습하던 토벌대장은
순덕의 시체를 보며
고개를 돌린다

해바라기

떠난 님 그리며
먼 하늘을 보다
막연한 미련에 울타리 넘어
세상을 꿈꾼다

비바람에 날리고
이슬에 씻기워진 날들에
긴 목이 휘어
어두운 그림자를 대지에 뿌린다

구름 가득한 날에
간절한 기다림은
검게 검게 타들어만 간다

상처

나뭇가지에 매달린 손수건이
바람에 펄럭이는 것을 보고
아직은 때가 아니라는 걸 깨달았다

한 사람을 위해서
꽃은 피지 않는다는 걸
너에게 말하며
가시에 찔린 상처가
오랜 시간이 흐르고 난 뒤에
이마에 주름이 깊이 패이면 아플 거라는 걸
너에게 말하며
청춘은 그렇게 외줄 위에서
곡예를 하며 흘러갔다

어느 때 이른 여름날에
아카시아 꽃 흐드러지게 핀
오솔길을 걸으며
돌아앉은 세상을 노래했던
아름다운 시절

한 잎 한 잎 바람을 타고 떠나가는
아카시아 꽃잎처럼
세월은 향기를 흩날리며
아픈 상처를 남겼다

나뭇가지에 한 사람을 위해
손수건을 매놓았다
바람을 타고 떠나가는 꽃잎이
아직도 때가 아니라고 말을 한다

*오랜 세월 홀로 괴로워하며 죽어간 상환에게

나무로 살아갈 것입니다

나무로 살아갈 것입니다
움직이지 않아도 찾아오는 그래서
언제나 외롭지 않은 나무로

애써 옷을 입으려 하지 않아도
때가 되면 옷을 입고
그 위에 화려한 외투도 걸쳐 입고

태양의 그을림에 구름 날개 사이로
알알이 소담한 봉우리를 만들어
꽃을 잉태하고

꽃잎이 질 새라
그새 작은 열매 풍성한
옷으로 갈아입고

열매 향기 그윽한 날에는
싱그러운 미소를 건네며
내게 다가올 어린아이를 생각하며

나무로 살아갈 것입니다
찾아가지 않아도
내게 다가올 당신을 기다리며

장미의 계절

끝없는 고통과
모든 게 멈춰버린 절망 속에
홀로 갇혀 있을 때

나의 틀 속으로 들어온
너에게 가벼운 떨림으로
인사를 대신하며
너에게 눈짓을 보낸다

보석같이 빛나는 날에
가시넝쿨 속에서 유혹하는 너를 보며
어찌할 수 없는 욕망이
너를 품고 괴로워하며
한때를 방황한다

끈끈한 향기와 핏빛 아름다운 미소가
품에 안겨 있을 때
줄기에 돋아난 가시는
젊음을 자극하며 열정을 불태우게 한다

한때를 표류하던 바람이
꽃잎을 싣고
영원한 여행을 떠난다

광장

모두 모여라
그리하여 너의 노래를 부르고
너의 몸에 맞는 옷을 입고
멋드러지게 춤을 추어라

살아서 숨 쉬는 모든 것들은
하나의 가치를 위한
죽어서 영혼마저 갈기갈기
찢어진 이름을 위한

살아있지 않으면 모든 것이
죽었을 거라 생각하는 세상
어느 한 귀퉁이에
아주 넓게 둥지를 틀고
그 안에 신명난 놀이판을 만들고

살아서 말 못하는 세상
목청 찢어지도록 노래 불러보자
죽어서 표현 못할 세상
노랫가락에 맞춰 걸팡지게 춤추어보자

산 자와 죽은 자
모두가 하나가 되어 꿈꾸는 세상
신명난 세상
그런 세상을 위해

모여라 모두 모이자
이곳은 우리가 만든 세상
살아서 피 끓는 자
죽어서 애절한 자
모두 모여 신명나게 놀아보자

여명

아침에 눈을 뜨고
창문을 열어 너를 보며
하루를 기원한다

길고 긴 하루의 여정을 마치고
떠나가는 너를 보며
나는 안도의 한숨을 쉰다

우리 서로
바라 볼 수 있을 때까지만
사랑을 하자

보이지 않는 날엔
서로를 기억에서 지우고

그리움이 몰려오는 밤에는
두눈 꼭 감고
먼 바다에 반쯤 떠오른 너를 생각한다

그림으로

들꽃에 나비가 내려앉은 날을
추억이라 생각하며
하얀 도화지 위에 꽃씨를 뿌립니다

푸른 하늘과 촉촉한 대지를
생각하며
구름 몇 조각과 붉게 그을린
태양을 그려 넣습니다

꿈꾸는 세상을 그리려 합니다
살아있는 생명을 그리려 합니다
그 속에 내가 있고 네가 있고

그림으로 가득한 세상
하나 둘씩 떠나가는
빈자리에 꿈을 그려 넣고
그 속에 내가 있고 네가 있고

저 산을 오르며

저 산을 오르고 오르다 보니
그 바위가 보이더라
걷고 또 걷다보니
그 숲이 나오더라
나는 변하지만
너는 변하지 않는 까닭에
아픔을 모른 채로 살아간다

발아래 보이는 세상이
갈등하는 동안
너는 그만큼의
눈물을 몸에 담고
그만큼의 떨림으로
살을 깎아 먹으며
무뎌진 슬픔을 뒤로한 채 살아간다

진화의 시간

두 손으로 감싸 쥔 찻잔이
세상 전부라 느껴질 때
온몸으로 전해오는 포근함

산란의 시간이 지나고 난 뒤에
마시는 한 잔의 커피는
어느 무명 시인의
낯선 미소를 이야기한다

잔 속에서 새가 부화를 한다
부화의 순간 일어나는 물결이
번다한 날들을 예견한다

달의 품속에서 산란한 별들이
존재를 알리며
부화를 준비한다

새가
힘겨운 날갯짓을 시작하며
둥지를 떠나간다

기우제

바람이 불지 않았다

땅이 말라 갈라진 들녘
생명이 죽고 살아남은 것들은
연명의 사슬에서 몸부림칠 때
비를 몰고 올 바람을 기원하며
제를 올렸다

생명을 위한 선택받은 죽음이
오랜 의식으로 상처 위에
아픔을 덧씌운다

사람은 죽고 영혼은 살아서
마르지 않는 제단 위에 칼날은
태양빛에 광채를 뽐내며
또 다른 희생을 기다린다

순결의 피가
갈기갈기 찢어진
영혼을 위로할 때

바람은
순결을 잃어버린 이들에게
또 다른 선택을 강요하며
불기 시작한다

*나를 기억해준 바보 친구에게

방랑자에게

당신은 옷을 벗지 않습니다

당신의 걸망 속에 담겨있는
짐은 그대로 남겨둔 채
오늘도 걸망 속에 무언가를
꾸역꾸역 쓸어 담으면서
어깨에 짊어진 짐이
무겁다고 말합니다

당신은 걸망을 내려놓지 않습니다

어깨에 짊어진 짐은 그대로 짊어진 채
옷을 벗으려 합니다
옷에 묻은 때 신경 쓰며
속살에 찌들어 있는 때에 신경 쓰며
깨끗하게 씻으려 합니다

장식으로 사는 하루
입은 옷 훌훌 벗어
태양 볕에 널어놓고
걸망 속에 담겨있는 모든 짐
툭툭 털어 구름 아래 내려놓고

태양 볕에 말리고
비바람에 씻기워진
이슬 머금은 조약돌처럼
어깨에 짊어진 짐
입은 옷 훌훌 벗어
하늘 아래 널어놓고

알몸으로
알몸으로 먼 여행을 떠나세요
인생은 끝없는 방랑의 길
어깨에 무거운 짐
입은 옷 훌훌 벗어
알몸으로 떠나세요

바람의 공간

바람을 그리기 위해
흰색 도화지에
산을 그립니다

뾰족한 바위와
삭막한 벌판이 어색해
초록의 나무와 파릇한 풀잎을
그려 넣었습니다

바람을 그리려고 합니다
살색 풍경과
화려한 투명

대지를 그렇게
그려 넣으며
바람의 향내음을 맡습니다

바람이 몰고 온
모든 것들에게
생명을 불어넣으며

그림을 다 그리고
하얀 여백의 크기를
손으로 재어봅니다

어느 만큼의 공간에
바람을 그리고자 합니다

2부

연륜

연륜

슬픔을 모르는 시간이었습니다
나무에 싹이 돋아
나무에 잎이 무성할 때까지는
꽃잎이 지면
열매가 맺힐 거라 생각하며

열매가 떨어지면
몸 속 깊은 곳에
나이테 굵은 선 하나가
생길 거라 그렇게 생각하며

한 뼘만큼 키가 더 자란
나무를 바라보며
손가락 마디만큼 더 굵어진
나무를 생각하며

하루가 이렇게 또
저무나 싶더니
어느 새 차가운 바람이
산허리를 감싸고 불어옵니다

새벽이슬

이별의 상처가
흔적의 그늘 아래서
작아져 가는 날에

아픔을 위한
만남을 준비하며
혼자라는 외로움에 익숙해지면

잊혀진 기억 속에서
작은 미소를 찾는다

별들이 떠나가고
구름마저 바람에 휩쓸려 떠나버린
깜깜한 밤하늘

홀로 밝히는 달을 보며
공존을 위한
선택의 순간을 준비한다

깨끗한 산 맑은 물

원래부터 저 산의 이름이
깨끗한 산은 아니었을 것이다
어느 순간부터인가
사람들의 입에서 입으로
깨끗한 산으로 불려졌을 것이다

저 산 계곡을 타고 흐르는
냇물을 보고
사람들은 맑은 물이라 부른다

태초에 세상에는
맑은 물이란 존재하지 않았다
그저 욕심이 만들어낸 이름

사람들은 바위에 이름을 새기고
돌무더기 무덤을 세우며
안녕을 기원한다

태초에 저 산은 이름이 없었다
그저 산일뿐

태초에 저 강의 이름은 없었다
그저 흐르는 물일 뿐

세월 1

세월은 앞에서 끌고
추억은 뒤에서 밀며

모질고 질긴
하루 하루를 연명한다

실타래 마디마디
얽히고설킨 매듭을 풀다

하늘 끝자락
작은 귀퉁이에 둥지를 튼다

세월 2

쉰 겹 누더기 훌훌 벗어
뙤약볕에 널어 넣고
세상사 장단에 맞춰
열두 마당 걸팡지게 놀다보니
한 해가 다시 또 지더이다

이야기 깊은 골짜기 골짜기를
지나고 나면 다시 찾아오는 언덕
구비 구비 흐르는 계곡을 따라가다
어느 별빛 흐르는 바위에 걸터앉아
물 한 모금 마실락치니
어느 새 해가 차오르더이다

여린 가지
잔가지
줄기 사이로 곱게 피어난
빨간 추국을 보며
가을이 저만치
멀어져 가고 있음을 느꼈습니다

이젠 겨울이 오려나봅니다
한해가 가려나 봅니다

아직 못 다한 일들이 너무 많은데
하고픈 말 차마 말 못했는데
이렇게 새 달력을
벽에 걸어야 하나 봅니다

낙엽을 밟으며

바람에 떨어진 낙엽이
외로움을 가져다주면
우리는 또 다른 만남을 위한
이별을 해야만 한다

미련 한 자락 깔아놓고
떠나가는 당신 등을 바라보며
아직은 덜 외롭기에
손 흔들어 줍니다

지난밤에 살포시
내려앉은 서리가
따사로운 태양 볕에
녹아내립니다

낙엽을 밟으며
이별이 가져다준 설레임에
두 눈 꼭 감고
당신을 떠나보냅니다

말복

꽃이 조금 늦게 진들 어떠랴
바람이 조금 늦게 불어온들 어떠랴
해가 아직도 구름 위에서
방그레 웃고 있는데

아침에 산책을 할 때
열매 가득한 산길을 걸으면
풍요로워서 참 좋다
그래도, 왠지 모를 아쉬움과
의미 없는 두려움이
발걸음을 무겁게 한다

바람이 불어오는 산길을 걸으며
잠시 잊고 살았던
기억을 더듬는 것도 참 좋다
하지만, 바람이 쓸고 간 황량함이
세월을 아리게 해서
슬픈 까닭이다

아침에 눈을 떠 해를 보면서
살아있음을 느끼며
옅은 미소와 함께
화사한 꽃길을 걷는다

입추

이슬의 무게에 눌려
화려한 잎을 떨구는 꽃을 보며
뜨거운 태양의
고마움을 느낍니다

아직은
떠나보내고 싶지 않은
푸르름

태양의 온화한 열기가
이슬을 말리면
다시 피어나는
환한 미소

여름은 그렇게 미련의 끈을
끊어내지 못하고
순간을 연명하며
삶의 이유를 이야기합니다

해에게

살아가는 이유가
너였기 때문에
오늘도 너를 바라본다

아침에 찬란한 빛이
잎사귀 위에 영롱한 이슬이 어루만져주는
부드러운 바위의 감촉이
너로 인해 만들어진 까닭에

뒷동산 능선 위
나뭇가지에 반쯤 걸쳐진
너를 보며
하루의 시작을 이야기한다

가을비

구름이 밤하늘 별을 삼키면
비가 오지 않아도
비를 예감한다

비가 그치고
하늘에 구름이 말끔히 개이면
또 다른 만남을 위해
먼 여행을 한다

겨울의 끝자락에 봄이 찾아와
나뭇가지 눈꽃에 채색을 하면
겨울은 또 다시 온다간다 말 없이
먼 여행을 떠난다

채색이 다 끝나고 온 세상 가득히
화려함을 뽐낼 때
여름은 달콤한 향기를 나뭇가지 위에
흩뿌리며 찾아온다

오래 산다는 것이 기쁘기만
하지 않은 까닭이다
이별의 순간이 많으면 많을수록
잊혀져가는 감각의 조각들

아픔을 이겨내며 살아가는
순간에 찾아오는 미소는
또 다른 이별을
예감하는 까닭이다

산다는 건

이 세상에 외롭지 않은
이가 어디 있으랴
외롭지 않으려 순간을
방황하고 괴로워한다

태어나는 순간에
덜 외롭기 위해 울음으로
세상에 알리는 까닭이다

소리를 잃어버린
바람이 불어온다

이 세상에 슬픔을 모르는
이가 어디 있으랴
흐느껴 울다 지쳐 눈물이 마르면
이내 잊고 살아가는 까닭이다

이 세상에 아픔을 모르는
이가 또 어디 있으랴
길고 긴 신음 끝에
쓴 미소를 짓는 순간
고통을 잊고 하늘을 쳐다보는 까닭이다

이슬을 잃어버린
어둠이 몰려온다

산다는 건
만남과 이별의 연속이다

산다는 건
슬픔과 기쁨의 연속이다

산다는 건
도려낸 살갗 위에
돋아나는 새살이다

구름에 가리워진 태양이
구름사이로
고개를 내밀기 시작한다

일몰

손끝으로 전해오는 바람이
하루의 마감을 예견한다

나는 알고 너는 모르는
하루의 종말
언제나 너는 내게 등을 보이며
기억할 수 없는 순간을 이야기 한다

내 곁에 오는 것을 느끼는 순간
이별을 예감해야만 까닭에
등 뒤로 불어오는 바람이
너에게 어떤 선택을 강요한다

태양은 이별을 선택한 대신에
세상을 품에 안고
먼 여행을 떠난다

겨울 우산

겨울에는 우산이 왠지 슬프다

비오는 거리는
떠나보내지 못하는 이별과
황량한 슬픔이
우산대를 타고 흐르는 빗물은

눈 오는 날에
설레는 마음 달래며
키 작은 우산 지붕 위로
수북이 쌓인 흰눈이

이별의 무게인양
마냥 무겁기만 하다

연명

세월이 흐르고 있음을
아무도 말하지 않았다
사람들은 다만
추억만을 이야기할 뿐

나는 태양의
그늘 아래 숨어
하루를 연명하다
밤하늘 별을 센다

스산한 바람이
깊은 겨울밤 황량함을
더해갈 즈음
내일이라는 익숙함이
더욱더 가슴을 아리게 한다

귀거래사

막다른 골목을 지나
당신에게로 가고 있소

때 이른 들꽃이
들판에 듬성듬성
피어나던 때를 생각하며

바람이 머문 동안
당신 곁을 떠나 있었음에

가진 것 모두 내려놓고
빈손으로 가고 있소

풀 한 포기 잎사귀 하나
돋아나지 않는 척박한 날에

남사당패

구비 구비 열두 고비
한 세월 멍석 위에 깔아놓고
걸팡지게 놀다
바람 따라 구름 따라
병풍으로 둘러싸인 세상
정처 없이 떠도는 인생

신명나는 풍악소리
꼭두쇠 장단에 맞춰
살판들이 재주 넘고
얼음산이가 외줄 위에서
춤을 추는 무지개 세상

밥 한 술 노자 한 닢에
신명나게 놀다
이곳에서 저곳으로
정처 없이 떠나는 인생

별빛으로 수놓은 하늘이불 넓게 덮고
뒹굴다 지쳐 잠들면 모든 게 내 것
오라는 곳 없어도
갈 곳 많은 세상

한 생을 그렇게 살다 살다
떠나는 바람 같은 인생

기억을 잃어버린 바다

신화를 잃어버린 등대가
불을 밝힌다
산란하지 못한 달빛은
들녘에 어두운
그림자를 뿌려놓는다

바람 끝에 널려있는
그물이 춤을 추면
어부는 찢어진 그물을 바라보며
술을 마신다

새들이 떠나가고
물고기가 떠나가고
사람마저 떠나버린 황량한 대지는
이방인의 손길을 기다리며
낯선 구실을 늘어놓는다

발길이 끊긴
선술집 빨간 등불이
바람을 가로막는다

한 세대가 가고
또 한 세대가 가고
기억을 잃어버린 바람이
황량한 흙먼지를 일으킨다

대지가 말한다

발길에 부딪히는 돌처럼
부딪히면 부딪힌 대로
아프면 아픈 대로
끝없는 인연 이어가며
함께 살자고 한다

모질고 질긴 목숨
서로 어울려
그렇게 그렇게
살아가자고 한다

가난한 생명들이 모여
바람에 흔들리는 나뭇잎처럼
삶이라는 가는 줄
굳게 부여잡고
그렇게 그렇게 연명하며
살자고 한다

가난한 대지 위에
잊혀져가는 것들이
모이고 모여서 만들어진
아름다운 세상

가면 가는 대로
다시 오면 오는 대로
잊혀진 것들이 모여서
함께 살자 말한다

바람이 전하는 소리

바람이 부는 건
약속하지 않아도 찾아오는
인연을 이야기 하는
작은 속삭임

지나간 바람이
모든 걸 휩쓸고
떠나가 버린 아픈 상처는
시간이라는 울타리 속에
나를 가두고
막연한 아쉬움만 가져다준다

할퀴고 부대낀 상처를
혼자 치유하는 슬픈 날에

바람이 들려주는 이야기를 들으며
상처에 돋아난 푸른 이끼를 보며
간절한 그리움에 문 앞을 서성일 때

바람에게 간절한 이야기를 전하며
바람이 불어오는 소리에 귀 기울인다

봄맞이

나무가 산란을 시작한다
두꺼운 외투를 벗고
새 옷으로 갈아입는다

때 이른 이별은
등 뒤로 제쳐두고
반가운 인사말을 준비한다

조금씩 다가오는 설레임 뒤로
떠밀려가는 기억들은
한 때를 표류하다
먼 먼 여행을 떠난다

겨울 밤

문 밖에서 불어오는 삭풍이
겨울의 깊이를 더해갈 때
홀로 남아 있음에 괴로워하며
잔잔한 미소를 짓는다

한 잔의 커피와 함께 찾아오는
잃어버린 시간은
계절을 연명하기 위해
북쪽 하늘에서 날아온 새처럼
낯선 시계바늘 위에서
날개를 활짝 편다

모든 게 멈춰버린
황량한 날
나뭇잎 하나가 바람을 타고
먼 여행을 떠난다

3부

들병이 춘례 이야기

들병이 춘례 이야기

1. 봉순이

우리 마을 외딴 곳에 봉순이라는
들병이가 살고 있었다
그녀는 마을 입구 당산나무 아래에서
오가는 남정네들을 붙잡고
술을 팔며 웃음을 팔고 몸을 팔았다
아무도 그녀를 창녀라 손가락질 하지 않았다
들녘에 무성하게 자라는 명아주 여린 잎을
밀가루 한 종지로 버무려
풀 대죽을 끓여먹던 시절
가난은 모든 것을 혼란스럽게만 했다

2. 희망

그녀에게는
춘례라는 열세 살짜리 딸과
춘섭이라는 다섯 살짜리
소아마비 아들이 하나 있었다
첫눈이 내릴 무렵
파란 눈에 흰 피부의 이방인들이
마을에 몰려들기 시작하였고
그들은 깡통 몇 개를 들고
온 동네를 헤집고 다니기 시작했다
뚫어진 문풍지 사이로 보이는 깡통 몇 개는
굶주림의 끝을 예감했다

3. 고통

배고픔이 끝날 즈음 시작한 통증은
윗목에 하나 둘 쌓이는 깡통 개수만큼이나
점점 더 고통을 더해만 간다
건장한 체구의 이방인들은
작은 체구에 빼삭 마른 봉순이를
단단한 깡통 던지듯
이리 던지고 저리 던지며
차곡차곡 쌓이는 깡통만큼 고통을 주며
그들의 방식대로 즐기고 있었다
사라호 태풍이
온 마을을 집어삼키기 전까지

4. 죽음

들녘에 곡식이 누렇게 익어갈 무렵
불어 닥친 사라호 태풍은
모든 것을 빼앗아 가버렸다
참을 수 없는 고통과
하얀 피부의 이방인마저도 사라져 버렸다
갈기갈기 찢어진 육체가 너무 아파
움직일 수 없던 날
모진 비바람에 무너진 흙더미가 집을 덮치는 순간
춘식이를 품에 꼭 껴안고
지그시 눈을 감는다
태풍이 지나가고 햇살 맑은 어느 날
양손에 깡통을 들고 찾아온
흰 피부의 이방인은
양주머니에 깡통을 넣고
발길을 돌린다

5. 귀향

꽃잎이 피고 지고를 몇 번 거듭하던
햇살 맑은 어느 봄날
춘례는 피부색이 새까만
계집아이를 등에 업고
탁주 한 주전자에 지짐 몇 조각
양손에 들고
당산나무 그늘 아래 앉아
땀을 닦는다

동면

모두 떠나갔다

모든 것 다 잊고
홀로 상처를 치유하며
달래야만 한다
삭풍에 날리는 낙엽을 모아
얼어붙은 땅 위에 둥지를 짓고
낯선 시계 바늘 위에 몸을 눕힌다

비늘 위로 돋아난 새 살이
바람의 끝에서
작은 흔적을 남길 때
무뎌지는 감각의 조각들은
변형의 시간을 기다리며
연명한다

한 잔의 술

이야기 가득한 마을에는
우물처럼 샘솟는 전설이 있고
수정처럼 맑은 이슬과
해맑은 미소가 있다

사람 사는 것은 매 한가지 일진데
삶은 왜 이다지 힘들고 고달픈 건지
살갗에 돋아난 생채기는
장수비늘로 돋아나고
허옇게 묻어나는
입가에 흰 거품은
그저 한 잔 술로 달래는 상처로
순간 아픔을 달랜다

어느 하늘 어느 언저리에
풀어헤친 걸망 속의
매듭 매듭 이어진 실타래는
삶의 이야기 속에서
마냥 풀리기만 한다

우리네 삶이 늘 그러하거늘

삶은 윤회하여
다음 생을 논하기조차
버거운 일상이기에
오늘 하루도
새롭게 새롭게만 느껴진다

이야기 샘솟는 마을에서
마디마디 엉키고 꼬인
매듭을 푸는 순간부터
인연의 연줄은
머언 먼 하늘로 날아간다

우리네 삶은 늘 이야기처럼
단순하지도 않으면서
짧지도 않으면서
그렇다고 길지도 않으면서
늘 그렇게 그렇게
갈등하는 까닭에
한 잔 술로 여유를 즐긴다

살구꽃

눈꽃의 품에서
포근함을 느끼며
살아 있음을 안도할 때,

뿌리를 뚫고 올라오는
생명의 씨앗은
바람 끝에서 싹을 틔운다

하루를 살고
한 철을 기다리며
꽃이 피어나는 순간의 아픔이
발그레한 미소로 다가오는 까닭에
달콤한 열매의 꿈을 키우며
하루를 연명하다

바람이 변심 끝에
이별을 몰고 오면

아름다운 시절을 생각하며
만남을 준비한다

아픈 너에게 보내는 편지

슬프니 그럼
밝은 햇살을 바라보며
활짝 기지개를 펴는
내일을 생각해

외롭니 그럼
사람 많은 광장에서
누군가 너의 외로움을 달래줄 이가
기다리고 있을 거라 생각해

아프니 그럼
찢어진 상처에 고름이 차오르는 순간에
환한 미소로 너에게 다가와
상처를 어루만져줄 누군가를 생각해

아파서 너무 아파서
모든 것이 간절한 날

너의 상처를 기억하는 이가
어느 하늘 아래서
간절히 기도하고 있을 때

무뎌진 통증이
너에게
작은 미소를 가져다 줄 때

고름이 빠져나간 상처 위로
새살 돋을 때

아픔이 가져다줄
그런 때를 생각하며
두 눈 꼭 감아보렴

이 순간 너의 고통이 가져다줄
작은 미소를 생각하며
내일을 생각해보렴

난 오늘도 아픈 너에게
편지를 쓴다

제논의 화살

시위를 떠난 화살이
바람의 공간을 뚫고 날아간다

멈춰선 화살 위로
먼 하늘에서 날아온
새가 날개를 펄럭이며
내려 앉아 산란을 준비한다

기억의 틀에서
의식하지 않았던 모든 것들이
공존을 모색하며
이유를 늘어놓는다

시위를 떠난 화살이
멈춰 서있는 동안 갈등한다

너에게

소금이
빛을 잃어가는 순간
우리는 절망한다

내가
작은 입자의 소금으로
남고 싶은 까닭이다

나에게 너는
보이지 않아도
간절한 까닭이기에

형태를 잃어가는
너를 볼 수 없어
두 눈 감는다

여백

하루를 걷다가
실타래처럼 꼬인 매듭
주저앉아 풀다 지쳐
가던 길 다시 걸으면
모든 것 그대로 남아있어

꼬이고 꼬인 매듭
무늬로 장식하며
이대로 심중에
묻어두고 살아가자

마지막 한 장 남은 일기장
여백으로 남겨두고
이대로 살아가자

악어의 눈물

들꽃을 뽑아
화분에 옮겨 심으며
차 한 잔의 여유를 뽐낸다

계절이 저만큼 멀어져
가고 있음을 안도 하며
마지막 눈물을 흘린다

먹이를 먹으며
눈물을 흘리는 악어를 생각하며
거울을 본다

공생을 담보로 길들여진 악어새처럼
화분에 물을 주며
향기를 주문한다

길을 걷다가
바람 끝에 실려 있는 향기를
머릿속에 새겨 넣으며

들꽃 화사한 들길을 걷다가
눈길이 멈춰서는 이유를
눈동자에 새겨 넣으며

들길에 꽃이 활짝 피어 있는
여린 나무를 뽑아
화분에 옮겨 심는다

나이테

엊그제 뒷동산에 심었던 나무가
그새 꽃을 피우더이다

엊그제 꽃을 피웠던 나무가
그새 열매를 맺더이다

엊그제 열매를 맺었던 나무에
그새 몸속에 굵은 선 하나 박히더이다

공백

별이 떠나간다
등 뒤에서 불어오는 바람을 따라서
태양이 밀려온다

오래지않아
태양이 세상을 품에 안을 것이다

꿈은 산란의 때를 기다리며
한 걸음 한 걸음
시계바늘을 따라
세상 밖으로 발을 내딛는다

길들여진 어둠이 갈등하며
이슬을 뿌려 놓으며
사라져 간다

상식의 새

상식의 새가 날개를 접고
새장 속으로 들어간다

화사했던 꽃들이
이슬의 무게에 힘겨워 하다
들녘에 흔적을 흩뿌리고
먼 여행을 떠난다

갈등의 시간이 지나고
홀로 먼 여행을 떠나는 태양은
머물렀던 시간만큼
긴 아쉬움을 남긴다

한때가 지나가고
한철이 지나가고
새장 속에서 활짝 편 날개가
화석으로 진화를 거듭하며
또 다른 만남을 준비한다

희망

비가 오지 않아서 모든 게
메말라버린 대지
갈라진 밭고랑 사이로
노란 들꽃이 피어올랐다

그 무엇도 살 수 없을 거라
믿었던 날에
지글지글 끓는 태양이
고독한 희망을 가져다준다

촛불

타오르는 불꽃이
망울망울 맺혀
사랑으로 타는 이 밤

당신이 살아있는 동안
내가 죽어가는
간절한 사랑을 드리겠습니다

미치도록 사무치는 그리움
이 밤 그대를 향해
향을 피우겠습니다
이 작은 생명을 태우겠습니다

4부

병탄(倂呑)

병탄(倂呑)

2018년 2월 25일

간절한 그리움이
너에게 갈등의 이유를
만들어 주거든
너는 그런 날들을 추억하며
펜을 들어야 한다

터미널 앞 광장 한가운데서
잃어버린 땅을 되찾겠다고
한 무리 사람들이 피켓을 들고
시위를 한다

바로 옆 한 켠에서는
어느 개척교회 목사가
설교를 한다

시장통 후미진 골목 다방 입구에서는
이방인 티켓다방 아가씨가
호박 서너 개 오이 몇 개 놓고
노점 펼친 팔십대 할머니를 향해
좌판을 발로 걷어차며
험한 욕을 한다
시팔 가게 입구 막으면 어떡해
저리가 빨리 저리가 하고

골목을 지나가던 순찰차는
창문 너머로 보이는 광경을
애써 고개 돌리며 지나쳐 간다

전파상 앞 티비 뉴스에서는
외환 사정이 나쁘다고
난민법을 개정한다고
노인복지법으로 세수가 부족하다고

선거 때마다 단골메뉴로 나오는
노인복지법은 이제는 볼 수 없는
궁색한 구실이었나

길바닥에 널브러진 채소를 줍는
어린아이 손을 낚아채며
걸어가는 젊은 아이엄마
아무 일 없는 듯 외면해 버리는
상점주인들

2019년 6월 5일 정오

후덥지근한 초여름이다

장날이라 그런지 대낮부터
만취한 노동자들이 길을 막고
험악한 분위기를 만든다

시장 끝자락
다리 건너 인적이 드문 길
늙은 할머니가 박스를 접어
리어카에 싣기 시작한다

한 무리의 노동자들이
알아듣지 못하는 사투리로 다툼을 하다
한 남자가 리어카에 올라탄다
할머니가 저 만큼 나가 떨어져 뒹군다

그 광경을 지켜본 청년이
할머니를 일으키며 항의를 한다
청년을 둘러 에워 싼 노동자들은

못 알아들은 척 중국말로 떠들며
험악한 분위기를 만들어 청년을 몰아낸다

나는 담배를 피워 물며 긴 한숨을 쉰다
팔순이 훨씬 넘은 어머니를 위해
장날마다 파는 녹두 빈대떡을
사러가는 길이라고 자위를 하며

내일은 현충일이다
티비에서는 식물국회니 동물국회니
하고 지랄을 떤다
대통령은 해외순방 어쩌고저쩌고
지랄 같은 세상이다
나는 선거 때마다
내가 찍은 후보가
당선되지 않기를 기도한다

신의 저울

의미 없는 저울을 손에 들고
무게 추를 가늠해봅니다
그들만의 세상에서 이방인이 되어
그들에겐 필요치 않을 말을 하고
그들에겐 필요치 않은 눈물을 흘립니다

상식이 죽고
가치마저 잃어버린 혼돈에서
살아남고 싶은 마지막 외침은
욕심의 테두리 안에서
갈기갈기 찢기고 불태워져 버립니다

판사가 앉고 검사가 말을 하고
변호사가 말을 하는
의미 없는 싸움 속에
가치를 잃어버린 저울은
힘 앞에 무게추가 기울어집니다

그 놈이가 사는 마을

본시 이름 없는 것들이 모여서
사는 곳이 마을이라더라
그 놈이가 사는 마을엔
큰 놈이가 살고 작은 놈이가 살고
그 놈이가 산다
보리 낟알보다 많은 이름이 한 떼 엉켜 산다

어느 날엔가 이름 없는 이들이 나타나
이름표 위에 손자국을 남기고 발자국을 남기면서
이름 있는 것들을 몰아내기 시작했다
이름을 지어주던 놈들도
이름 없는 이들과 합세해서
이름 없는 이들의 마을로 만들기 시작했다

들판에 곡식이 누렇게 익어갈 무렵부터
보리 낟알이 들녘에 흩뿌려질 무렵까지
들녘에 낟알이 다 사라져
참새가 둥지를 옮길 때 쯤 되면
이름을 지어주던 놈들은
이름 있는 놈들을 다시 불러
마을 집집마다 이름표를 붙여주기 시작했다
들녘에 곡식이 누렇게 익어갈 때까지

때 이른 희망에 들떠있던 여름날에
이름을 지어주던 놈들이
벼이삭보다도 많은 이름 없는 이들을 불러와
마을에 이름표를 하나 둘씩 떼 내기 시작했다
그 놈의 이름표도 이름 없는 이들의 발길에 깔려
조각조각 부서지기 시작했다

언제부터인가
우리 마을에도 이름을 지어주던 놈들이
이름 없는 이들을 하나 둘씩 불러들이기 시작했다
사람들은 하나 둘씩 대문에 붙였던 이름표를
주홍글씨 마냥 가슴에 새기고
살기 시작했다

대한민국

내가 너를 사랑하고 있음에
나는 너를 보며 언제나 갈등한다
지금 이 순간에도
너의 품속에서 눈물 젖은 빵을 먹으며
내일을 생각한다

너는 피를 먹고 사는 까닭에
누군가는 너를 위해 희생하고
너로 인해 안도하고
너로 인해 기쁨의 눈물을 흘린다

그것이 너의 존재 이유이고
가치를 부여할 수 없는 까닭이다

꽃들에게

지금 헤어진다고 슬퍼하지 마라
나 그 길을 걸으며 너를 생각하리니

모진 비바람이 우리를 갈라놓았다고
미움일랑 갖지 마라

꽃잎 떨군 자리에 돋아나는
작은 입자의 열매가 희망을 주리니

새벽찬 바람이 가져다 준 이슬 한 방울이
작은 기쁨을 선사할지니

나! 기억하리라
네가 떠나간 자리에 솟아오른
열매의 향기를

선거

그들은 내게 한 표를 부탁합니다
그들만의 리그에서 놀아보겠다고
눈물로 고개 숙이고 무릎 꿇고 땅을 기어다닙니다
도대체 그들만의 리그엔 무엇이 있을까

종으로 살겠습니다
섬기며 살겠습니다
표현은 다르지만 목적은 하나
얼굴에 기름기는 연탄재로 지우고
손목에 새겨진 금장시계 자국은 굵은 수갑자국이라 우기며

하루만 복종하고 영원히 군림하며 살겠습니다
여기서 흘린 눈물은 열배 스무배로 갚아줄 것을 약속합니다
하루를 굶주렸으니 천일은 배불리 먹으며
호의호식이란 말이 부끄럽도록
욕심껏 채우며 살겠습니다

그들만의 리그에서는
지켜지지 않는 약속과
존재하지 않는 믿음을 호소합니다

황골리 가는 길

강촌 출렁다리를 건너
남면국민학교 앞 큰 연자방아를 지나
간이 정류장
거기서 가정리행 버스를 타고
황골리를 간다

그 곳엔 물새가 나르고
드넓은 백사장이 있고
강을 건너는 나룻배에는
처녀 뱃사공이 노를 젓는다

맑은 강물과
드넓은 백사장과
이따금씩 출몰하는 야생동물들
마을 뒷산 작은 바위 위에
엎어놓은 떡시루 하나

춘천에서 가정리행 시내버스 안에서
백 원짜리 동전 하나를 꺼내들고
80년 때 이른 여름날에
그 길을 추억한다

달리트 소녀에게

한 잔의 커피
그리고, 담배 한 개비와
한 장의 일력 속에 그려진
일상의 작은 풍경들
오늘 하루의 시작을 알리는
종소리가 울려 퍼진다

오늘은 어제 같이 힘든 날들이 아니길
오늘은 지난 밤 평온함의
연장선에서 걸어가는 나이길
잠시 두 눈 꼭 감고 잔잔한 호수를 꿈꾼다

불의 신과 물의 여신 사이에서
태어난 갠지스의 여신이여!
오늘 하루도 그대를 숭배하오니
내게 영혼의 영광과
일상의 축복을 열어주소서
내게 브라만의 영광보다는
달리트의 기쁨과 행복을
마음껏 누리게 해주소서

강가의 위대한 영혼이시여!
유명 디자이너의
화려한 문양의 의상을 걸친
여인을 상상하기 보다는
터번 한 장에 나를 숨기고
영원으로의 귀환을 꿈꾸는
어느 빨래터의 여인을
꿈꾸게 하소서
루비며, 금으로 화려하게
장식한 여인보다는
코브라 앞에서 머리를 조아리는
어느 광대 곁에서
동전푼을 주워 모으는
맨발의 어느 이름 모를 소녀를
꿈꾸게 해주소서

일상이 숭고할 수 없지만
소박한 순수로의 여정이길
지난 밤 조용히 닫혀진
문빗장 사이로 들어오는
태양빛을 온몸으로 느끼며

세상의 중심에서
어느 별의 끝에서
불어오는 바람을 느끼며

오늘도 지난밤에
닫겨진 문빗장을
활짝 열어 제치겠습니다
그리고, 모든 살아있는 것들을
찬양하며 일상의 조우를
시작하겠습니다

영목항

갈등의 순간이 지나고
바람 끝이 머무는
선창가 작은 포구에
잔잔한 물결이 일면
일상의 번다함을 예감하며
하루를 시작한다

소리를 잃어버린
괘종시계가 천천히 발걸음을
내딛기 시작한다
빠른 손놀림으로 그물을
손질하던 어부가
담배를 붙여 물며
먼 바다를 바라본다

산란한 달빛에 맞춰
먼 바다에 등대가 불을 밝히면
선술집 늙은 창녀는
얼굴에 분칠을 하며
이방인의 발길을 기다리는
붉은색 등을 밝힌다

살아남은 자의 슬픔

나의 침묵이
너에게 가져다준 아픔을
영원히 잠들게 할 때
내 속에 끓어오르던 피가
어디론가 새어나가
단 한 방울도 남아 있지
않았음을 느꼈다

너의 외침이
끝없는 갈등 속에 내뱉은
외마디 비명이었음을 느꼈을 때
바라보는 세상이 다르다고
머리가 말하고 있었다

청량리588 후미진 쪽방을 팔짱끼고 찾아가며
늙은 포주들의 낯선 시선을 웃음으로 넘기며
내가 가진 모든 것들을 너의 이름으로 세상에 뿌리며
나의 신념이 너이길 빌며
가슴이 아파오지 않음을 스스로에게 물었다

도화동 돼지 껍데기 집에서
방식과 형식을 가지고 다퉜던 때를 기억하며
너의 입술에 강렬한 나의 입맞춤이
영원하지 않음을 느꼈을 때
너무 멀리가지 않기를 기도하며
그 시절에 사랑은 끝이 났다

바람이 불어온다
너의 사십이 목마른 슬픔과
영원한 이별을 할 때
나는 버나의 작대기 위에서
돌아가는 접시 마냥
세상 어느 한 귀퉁이에서
돌아가고 있음을 느끼고 있었다

바람이 분다
쉰네 살 바람이 분다
너의 죽음 끝에 매달린 침묵이
바람결에 사라져간다

너를 기다리는 숲에서

쓸쓸한 바람이 분다

모든 게 사라지고
바람은 티끌만한 미련을
세상에 뿌려놓는다

기러기 한 마리
기러기 두 마리

갈대밭에 앉았다 날아간다

홀로 살아남은 것들끼리 모여
하루를 연명한다

나무 끝에 매달린
마지막 한 잎마저 떨어진다

너를 떠나보낸 숲이
바람 속으로 숨어 버렸다

흰 눈이 내려
한 겹 두 겹 쌓인다

한 발자국 두 발자국
둥지를 찾아가는 기러기들이
자국을 남긴다

새벽을 기다리며

아직 오지 않은 새벽을 기다리며
너에게 편지를 쓴다

길고 긴 어둠이 연명의 이유를
만들어준 까닭에

날개를 활짝 편 새처럼
바다를 건너는 물고기처럼

자유로운 너의 영혼을
가둬버린 어둠은 아직 끝나지 않았다고

날이 바뀌면 걷힐 거라던 어둠은
형태를 바꿔가며 진화해 가노라고

너에게 보내는 편지에
아직 오지 않은 새벽을 쓰며

기다리자
그냥 기다리자 했다

낙화

꽃잎이 떨어지는 이유를 알면서도
아쉬워한다

변명을 늘어놓고
미련을 남겨놓고 떠나가는 마음

꽃말 가득히 이유 있는 사연들은

꽃망울 살짝 터질 적에
시작된 사랑

스치는 인연이라 여기며
돌아선 나날들

오늘도 떨어지는 꽃잎이
아쉬운 까닭이다

마지막 파르티잔

이종열 시집

발 행 처 · 도서출판 청어
발 행 인 · 이영철
영   업 · 이동호
홍   보 · 이용희
기   획 · 천성래
편   집 · 방세화
디 자 인 · 이해니 | 이수빈
제작이사 · 공병한
인   쇄 · 두리터

등   록 · 1999년 5월 3일
(제1999-000063호)

1판 1쇄 인쇄 · 2019년 8월 1일
1판 1쇄 발행 · 2019년 8월 10일

주소 · 서울특별시 서초구 남부순환로 364길 8-15 동일빌딩 2층
대표전화 · 02-586-0477
팩시밀리 · 0303-0942-0478

홈페이지 · www.chungeobook.com
E-mail · ppi20@hanmail.net
ISBN · 979-11-5860-676-3(03810)

본 시집의 구성 및 맞춤법, 띄어쓰기는 작가의 의도에 따랐습니다.

이 도서의 국립중앙도서관 출판시도서목록(CIP)은 서지정보유통지원시스템 홈페이지
(http://seoji.nl.go.kr)와 국가자료공동목록시스템(http://www.nl.go.kr/kolisnet)
에서 이용하실 수 있습니다.(CIP제어번호: CIP2019027746)